Juan Luis Duque · »Hi, Santa Claus«

AF288467

W as ist besser für Kinder – Holz- oder Plastikspielzeug? Und kann man nach dem 11. September noch eine Weihnachtsshow machen?

Das sind die kleinen und großen Sorgen eines Santa Claus. Jedes Jahr in der Vorweihnachtszeit ist Santa und sein Rentier Rudolph in New York für die phantastische Weihnachtsshow – die *Spectacular Christmas Show* – verantwortlich.

Für den Erzähler Juan Luis Duque, der alljährlich bei der Show in der *Radio City Music Hall* dabei ist, stellt dieses Erlebnis die eigentliche Einstimmung auf das Weihnachtsfest dar. So ist er mittlerweile auch ein guter Freund von Santa geworden. Im Gespräch mit dem alten, erfahrenen Herrn hat der Autor so manch Spannendes und Überraschendes über den Alltag eines Berufsweihnachtsmanns erfahren.

Entstanden sind kleine Geschichten über Weihnachten in New York und die vielfältigen Bedeutungen des Festes – liebevoll erzählt von einem passionierten Weihnachtsfan.

Juan Luis Duque

»Hi, Santa Claus«

Weihnachtserlebnisse in New York

© 2002 Juan Luis Duque
Herstellung: Books on Demand, Norderstedt
Satz und Layout: Buch & medi@, München
ISBN 3-8311-4452-4

Inhaltsverzeichnis

Weihnachtsgeschichten

Ich bin ein Weihnachtsfan, das muß ich vorausschicken. Weihnachten bedeutet für mich etwas ganz Besonderes. Nicht unbedingt im christlichen Sinn als Fest der Geburt Christi, sondern vielmehr als Fest der Zusammenkunft der Familie, als Lichtfest in der dunklen Jahreszeit, als Jahreswende, als Fest des Friedens etc. Dieses »etc.« habe ich ganz bewußt gewählt, denn ich könnte diese Aufzählung noch beliebig erweitern. Sie sicherlich auch.

Weihnachten kann so vieles bedeuten, je nachdem, was Sie, als Leser, persönlich damit verbinden und welchen Glauben Sie haben.

Für mich ist Weihnachten eine Zeit des Innehaltens, der Rückschau, des Neubeginns und nicht zuletzt auch ein »Krückstock«, um die dunkle Jahreszeit besser zu überstehen.

Bitte, verteufeln Sie mich jetzt nicht, daß ich den christlichen Anlaß von Weihnachten nicht voranstelle. Aber, ist nicht eine festliche und herzliche Stimmung auch etwas, was dem christlichen Gauben verbunden ist?

Man kommt zum Nachdenken. Über sich, die Familie, seine Umwelt und auch über GOTT. Man mag daran glauben oder nicht, aber es gibt doch etwas, das wir nicht verstehen. Und das ist ja auch das Faszinierende am Glauben, egal welcher Richtung, daß es etwas gibt, was wir nicht verstehen – ein »ETWAS«, das wir vielleicht GOTT nennen?

Schön, wir feiern Christi Geburt am 24. Dezember. Welches Datum das ist, spielt eine untergeordnete Rolle. Hauptsache ist doch, daß wir sie feiern!

Gut, das soll als Einleitung genügen.

Ich bin ein Weihnachtsfan. Ich möchte damit sagen, daß ich ein überaus begeisterter Anhänger der Weihnachtsfeierlichkeiten bin und das weihnachtliche Ambiente sehr schätze. Ich dekoriere unser Haus, so daß aus allen Fugen der Weihnachtsduft herausquillt. Viele unserer Freunde finden das bezaubernd. Es gibt aber auch welche, die der Meinung sind, daß wir es übertreiben, und daß es Kitsch sei, was wir machen.

Aber, ich möchte zu unserer Verteidigung sagen, daß in der heutigen, schnellebigen Zeit, in der Weihnachtsartikel schon im Herbst angeboten werden, es doch sehr schwierig ist, sich auf das eigentliche Weihnachtsfest vorzubereiten. Wir machen daher Adventsfeiern, zu denen wir unsere Freunde einladen. Es werden Weihnachtslieder gesungen, weihnachtliche Gedichte oder Anekdoten von den Gästen vorgelesen. Und natürlich wird ein festliches Essen serviert, um den Anlaß zu würdigen.

Dazu muß ich erwähnen, daß ich persönlich für jeden unserer Gäste ein Weihnachtsgeschenk bastele. Das kann eine Sperrholzarbeit oder ein Weihnachtsstern, ein Serviettenhalter, ein Nikolaus oder eine andere Kreation sein.

Dadurch versuchen wir nicht nur, unseren Freunden ein vorweihnachtliches Gefühl zu vermitteln, sondern auch uns selber in Weihnachtsstimmung zu versetzen.

Vor vielen Jahren war ich zur Weihnachtszeit in New York und dort zur Weihnachtsschau in der *Radio City Music Hall*. Im Programmheft fand ich eine Geschichte von Santa Claus, dem amerikanischen Nikolaus. Er beschrieb, wie er nach vielen Jahren an seine alte Wirkungsstätte, nämlich der *Radio City Music Hall*, zurückkehrte und dort seine alten Dekorationen wiederfand, die er vergeblich zum Leben zu erwecken versuchte.

Diese Geschichte hat mir so imponiert, daß ich beschloß, Santa Claus jedes Jahr zu besuchen. Zwar kennt mich Santa Claus immer noch nicht, aber in meinen Geschichten bin ich ihm ein guter Freund geworden.

Möchten Sie mehr darüber erfahren? Habe ich Sie für Weihnachten »heiß« machen können?

Dann lesen Sie einfach weiter. Ich habe die Geschichten so

aufgeschrieben, wie ich sie erlebt habe, und wie Santa Claus sie mir erzählt hat.

Viel Vergnügen.

Juan Luis Duque

In der Vorweihnachtszeit ist New York mit Tausenden von kleinen Birnchen geschmückt. Ich kann mich daran nicht sattsehen.

Mein Besuch bei Santa Claus

Frei nach: *»An Interview with Santa«*, aus:
»Radio City Christmas Spectacular Show« Heft, *Edition '96*

Als wir dieses Jahr in New York waren und uns anschickten, das Weihnachtsspektakel in der *Radio City Music Hall* zu besuchen, kam mir die Idee, Santa Claus einmal persönlich kennenzulernen.

Also, ein bißchen früher aus dem Hotel und erst einmal hinter die Bühne der *Radio City Music Hall.* Dort wimmelte es zu dieser Jahreszeit nur so von einer unglaublichen Vielfalt von Darstellern, Tieren, Bühnenarbeitern. Das war eine Art fröhliches Chaos, das sowohl Weihnachten in New York als auch die Vibrationen des Schaugeschäftes in sich vereinigte.

Die Tür zum Zimmer von Santa Claus war mit roten, grünen und weißen Zuckerstangen umrahmt. Dazwischen glänzten mit Metallfolie überzogene Pappsterne. Bevor ich anklopfen konnte, wurde die Tür von Elfen in roten Mänteln und roten Mützen geöffnet.

Ich stellte mich vor: »Juan Luis Duque aus Germany.«

Sie schienen von meiner Vorstellung wenig beeindruckt. »Dieser *German Tourist* hier will Dich kennenlernen«, riefen sie nur über ihre Schultern nach hinten.

»Sehr schön. Bringt ihn herein, ich kann hier gerade etwas Hilfe gebrauchen!«

Ich schielte an den Elfen vorbei, um die Quelle der dröhnenden Stimme auszumachen. In der hinteren Ecke des Raumes entdeckte ich Santa Claus neben einem kleinen Weihnachtsbaum auf der Erde sitzend. Er war dabei, einen riesigen Haufen Weihnachtsbaumlichter zu entwirren. Der Haufen war so groß, daß man seine rotweißgestreifte Hose kaum erkennen konnte.

»Es ist schön, Dich zu sehen. Hier, nimm«, und er gab mir einen großen, verschlungenen Haufen Birnen und Kabel, »entwirr die ein bißchen während wir sprechen. Du kannst es Dir sicher kaum vorstellen, aber diese Lichter habe ich als junger Mann im Keller der *Music Hall* gelassen und sie erst heute wieder entdeckt. Und schau, sie werden brennen wie neu.«

Hiermit steckte er sie ein, und wir wurden vom matten Glanz von drei oder vier staubigen Lichtern angestrahlt. Auch wenn ich bei dem wenigen Licht, das diese paar Birnchen abgaben, nicht viel sehen konnte, ich könnte wetten, ich hätte Tränen in seinen Augen gesehen.

»Ich mag diesen Ort hier«, brummte er nur.

So saß ich nun auf dem Boden neben Santa Claus und wir plauderten beim Entwirren der Kabel und Birnen über die verschiedensten Dinge: Über die Preise der Schlittenersatzteile, die Vorteile von Plastikspielzeug gegenüber Holzspielzeug, über die Luftverschmutzung, die für seine Rentiere schädlich ist usw. Eben über die Probleme eines Santa Claus. Er war in sehr gesprächiger Stimmung. Und er fragte mich auch nach privaten Dingen: »Wie kommt Deine Frau mit dem neuen Teigkneter zurecht, den Du das letzte Jahr gekauft hast?«

»Der Teigkneter war nicht für meine Frau. Der war für mich«, antwortete ich.

»Oh, wirklich? Schön, sehr schön für Dich. Ja, ja, das sind die neunziger Jahre! Früher hatten Männer in der Küche nichts zu suchen.«

Jetzt wollte ich aber auch einmal etwas von ihm wissen und sagte: »Ich weiß, man fragt Dich das sicherlich sehr oft, aber ich hätte doch gern einmal von Dir selbst gehört, wie das so mit dem Herumkommen–in–einer–einzigen–Nacht ist. Wie machst Du das bloß?«

»Vielleicht laß' ich da lieber meinen Denker antworten.«

Er winkte einem sehr fleißigen Elfen zu, der gebückt über einem Haufen kompliziert erscheinender Karten saß.

»Nun«, sagte der Elf und räusperte sich, »es ist eine einfache Sache des *Quantum Engineering*. Schauen Sie, was wir als Weihnachtsabend kennen, sind ja in Wirklichkeit mehrere Weihnachtsabende. (Manche schätzen bis zu einhundertundvierzehn.) Jeder Abend hat eine andere Dimension, die getrennt aber parallel zur unseren ist.«

Er kratze sich mit seinem Bleistift am Kopf. »Tja, ... so ist es wohl, oder ...? Vielleicht liegt es aber doch nur am magischen Hafer, mit dem wir unsere Rentiere füttern.«

»Ha, ha, ha!« dröhnte Santa Claus los und schlug sich auf die Schenkel. »Ich liebe die Wissenschaft. In Wirklichkeit«, sagte er und zeigte mit seinem weißbehandschuhten Zeigefinger direkt auf mein Herz, »in Wirklichkeit spielt sich alles hier drinnen ab. So lange genug Kinder wie Du an den alten Santa glauben, so lange wird es mir möglich sein, überall herumzukommen.«

Was sollte ich ihm erklären, daß ich schon 63 Jahre alt war? Statt dessen fragte ich ihn lieber: »Santa, was war das schönste Geschenk, das Du je bekommen hast?«

»Nun, das ist eine gute Frage. Ich glaube nicht, daß mich das schon jemand zuvor gefragt hat. Laß mich einmal nachdenken ...«

Er strich sich seinen Bart, schaute für einen Moment gedankenvoll an die Decke und sprang dann plötzlich mit einer Behendigkeit auf, die man einem Mann seines Alters und Umfanges nicht zugetraut hätte.

»Komm, ich will Dir etwas zeigen«, sagte er, nahm eine von den vielen Weihnachtskarten von der Wand und gab sie mir.

»Das ist das Schönste, das ich seit langem zu Weihnachten erhalten habe. Ich habe nicht die geringste Ahnung, wer sie geschickt hat.«

Es war eine selbstgebastelte Weihnachtskarte mit einem von Kinderhand gemalten Nikolaus auf der Vorderseite. Innen stand mit dicker, grüner Wachskreide geschrieben: »Fröhliche Weihnachten, Santa Claus, ich liebe Dich, Du bist sehr nett. Ich mag auch Deinen Bart sehr.«

»Was ist daran so Besonderes?« fragte ich.

»Schau sie Dir genau an«, erwiderte er, zog dabei seinen roten Mantel an und setzte seine Mütze auf. »Es gibt keine Wunschliste. Kein Wort von Puppen, Autos oder kleinen Tieren. Da ist noch nicht einmal ein Absender vorhanden. Meine besten Elfen konnten nicht herausfinden, wer sie geschickt hat.«

Hiermit ging er zur Tür, und ich folgte ihm.

»Es wird Zeit für mich, daß ich anfange, zu quirlen. Ha, ha, ha!«

Ich folgte ihm in die Eingangshalle und hinauf in Richtung Bühne.

»Abgesehen einmal vom Weihnachtsabend selber, habe ich den größten Spaß hier bei der *Radio City Spectacular Christmas Show*«, fügte er noch hinzu.

Als wir am Seiteneingang der Hauptbühne ankamen, begrüßte der Regisseur Santa herzlich und rückte ihm noch ein wenig seine Mütze zurecht.

»Eine letzte Frage«, warf ich schnell ein, »was wünschst Du Dir denn in diesem Jahr zu Weihnachten?«

Die Musik des *Radio City Orchestra* wurde plötzlich lauter. Santa drehte sich schnell noch einmal zu mir um und sagte mit einem verschmitzten Lächeln: »Find mir das Kind mit der grünen Wachskreide.« Sodann legte er den Zeigefinger an seine rote Nase und schnell wie ein Wimpernschlag war er draußen auf der Bühne. Er tanzte mit den weltweit bekannten New Yorker Tänzerinnen – den *Rockettes* und sang und lachte sein volles, dröhnendes Santa–Lachen. Und wir konnten nicht anders und lachten begeistert mit.

November 1996

Schaufenster und Passagen sind mit den phantasievollsten, künstlichen Weihnachtsbäumen geschmückt.

Viel Arbeit für Santa

Es war wieder einmal November und mich zog es unwiderstehlich dorthin, wo der Bär brummt – nach New York. Mein erster Weg führte mich in die *Radio City Music Hall*. Während ich mich durch das Gewühl der Zuschauer zu den Künstlerräumen hinter der Bühne – zur *Backstage* – durchdrängelte, stellte ich mir immer wieder die Frage, ob mich Santa wohl wiedererkennen würde?

Ja, und da war sie auch schon, die Tür zu seinem Revier. Noch bunter und herrlicher schien sie mir in diesem Jahr zu strahlen mit ihrem Zuckerwerk und den Metallfoliensternen. Irgendwoher kam ein überirdischer Glanz, der alles magisch erleuchtete. Während ich noch diesem Zauber erlegen war, öffnete sich schon die Tür wie von selbst.

Der Elf, der letztes Jahr noch recht abweisend war, rief dann auch gleich nach hinten: »He Santa, Dein deutscher Freund ist wieder da. Wie war doch gleich Dein Name?«

»Juan Luis«, weiter kam ich gar nicht, da dröhnte schon Santas volle Stimme: »Komm nur herein, alter Junge. Du hast mir ja letztes Jahr gut geholfen, diese alten Lichterketten zu entwirren.«

Mit den Worten »Schön Dich wiederzusehen« hätte er mich fast erdrückt. »Ich habe hier jede Menge Arbeit für Dich. Du hast doch hoffentlich Zeit mitgebracht? Meine 48–Stunden–Woche reicht nicht aus, um alles zu erledigen. Und von einer 35–Stunden–Woche zu träumen, wie Ihr sie in Deutschland habt, können wir uns hier nicht leisten.«

»Leisten könnten wir es uns eigentlich auch nicht«, antwortete ich ihm. »Aber für Dich habe ich immer Zeit«.

Und schon zog er mich ins Nebenzimmer. Da lag der ganze Weihnachtschmuck vom letzten Jahr. Alles wild durcheinander.

Die Kugeln, Lichterketten, Kerzen, Lametta, ja selbst noch Lebkuchenherzen waren dazwischen.

»Santa«, rief ich und schlug die Hände über den Kopf zusammen. »Warum machst Du Dir so viel Arbeit? Es ist doch einfacher neue Sachen zu kaufen.«

Mahnend schaute er mich an und sprach: »Ihr Deutschen habt doch selber schlechte Zeiten durchgemacht und solltet mich eigentlich verstehen. In meinem langen Leben habe ich soviel Not und Armut gesehen, daß ich das nicht einfach wegwerfen kann. Also faß' schon mit an, meine Elfen helfen auch dabei.«

Und tatsächlich, ich hatte es nicht einmal bemerkt, waren schon eine Unzahl Elfen bei der Arbeit. Einige sortierten das Lametta aus und hängten es auf eine Leine, andere packten es zu kleinen Bündeln. Und ich mußte gestehen, es sah aus wie neu. Eine nächste Gruppe putzte die Kugeln und legte sie sorgsam in Kartons. Bei den Lichterketten wurden die Birnchen, die nicht mehr brannten, ausgewechselt. So hatte jeder seine Arbeit.

Ich half beim Lametta mit.

Santa war wieder genauso gesprächig wie im letzten Jahr, nur dieses Mal wollte er mehr über Deutschland wissen.

»Wie war das eigentlich gemeint, Ihr könnt Euch die 35–Stunden–Woche nicht leisten? Und was hört man da von Euren Renten? Was macht Ihr denn bei Euren hohen Arbeitslosenzahlen verkehrt?«

Ich kam gar nicht nach, alle Fragen erschöpfend zu beantworten. Auf die meisten hatte ich sowieso keine Antwort parat.

Irgendwann war alle Arbeit getan. Und dann wurde auch die Musik auf der Bühne lauter. Santa zog seinen Mantel über und meinte, jetzt käme für ihn der schönste Augenblick im Jahr. Die Elfen reichten ihm noch Mütze und Stiefel und mit einem »Ho–ho–ho, besuch' mich im nächsten Jahr wieder«, verschwand er auf die Bühne und man hörte nur noch das Klatschen der Zuschauer.

November 1997

Tiffanys *verpackt sich selbst als Geschenkpaket.*

Santa Claus will aufgeben

E in Besuch New Yorks zur Weihnachtszeit ist etwas ganz Besonderes. Diese Millionen, nein Milliarden kleiner Lichtlein, die auf den Alleebäumen glitzern. Diese, man könnte schon fast sagen, übertriebenen Dekorationen der Kaufhäuser und dazu noch der größte Tannenbaum der Welt mit seinen 26.000 Lichtern. Phantastisch! Fast hätte ich dazu gesagt »kitschig«. Aber irgendwie paßt das alles zu New York.

Ein Muß, für mich jedenfalls, ist ein Besuch bei Santa Claus in der *Radio City Music Hall*. So auch in diesem Jahr.

Diesmal brauchte ich mich nicht mehr durchzufragen. Schon stand ich vor der Tür, die wie immer mit unzähligem Zuckerwerk und Metallfoliensternen bekleidet war. Aber irgend etwas kam mir anders vor in diesem Jahr. Diese tollen Dekorationen strahlten so gar nicht den Glanz der vorhergehenden Jahre aus. Was ist denn hier passiert?

Während ich noch grübelte, öffnete sich die Tür langsam und ein Elf schaute heraus, erkannte mich und gab mir ein Zeichen, leise näherzutreten. Dann raunte er mir ins Ohr: »Wunderschön, Juan Luis, daß wenigstens Du unseren alten Santa nicht vergessen hast. Er bildet sich nämlich ein, man bräuchte ihn nicht mehr. Wir haben es schon mit allen Argumenten versucht. Wir hoffen, daß er sich freut, Dich zu sehen und Du ihn aufmuntern kannst. Komm herein.«

Und mit gezwungener Fröhlichkeit rief der Elf in den Raum: »He Santa, schau mal, wer Dich heute besuchen kommt. Juan Luis aus *Germany* ist da.«

Santa saß hinten in der Ecke in einem alten Lehnstuhl, und ich hatte das flüchtige Gefühl, als wenn seine Augen kurz aufblitzten als er mich erblickte. Aber sogleich wurde seine Miene wieder traurig.

»Komm näher, Juan Luis«, sagte er nur. Kein lautes »Ho-ho–ho«, wie es seine Art war. Kein »Wir geht es Dir?«

»Hallo Santa«, sagte ich, »was ist denn in Dich gefahren, die Welt wartet auf Dein Erscheinen!«

»Weißt Du, Juan Luis«, antwortete er gequält, »man braucht mich eben nicht mehr.«

»Wie das«, entgegnete ich.

Er nahm mich bei der Hand und sagte: »Komm setz Dich, ich erzähl's Dir.«

»Weißt Du, als ich in das riesige Spielzeuggeschäft zu *FAO Schwarz* kam, um Spielzeuge einzukaufen für alle die Kinder, die ich zu beschenken habe, da war ein riesiger Computer aufgebaut. Und viele Dutzende von Kindern, ja wenn nicht mehrere Hundert, saßen rund herum und feierten Weihnachten. Und dann sah ich ihn auch – den Weihnachtsmann auf dem Bildschirm. Und zu meinem Entsetzen verhielt er sich genauso, wie ich es immer tue: Er lobte die Kinder, ermahnte sie, ließ sie Gedichte aufsagen, verteilte Geschenke.

Ich habe es einfach nicht mehr ausgehalten und rief mit lauter Stimme: ›Ho–ho Kinder, das ist nicht der richtige Weihnachtsmann, dem ihr dort zuschaut. Ich bin der richtige.‹

Da kam ein Murren auf, das so klang, wie: ›Hau ab, Du störst.‹

Ich aber dachte, ich hätte mich nicht laut genug bemerkbar gemacht und rief kräftiger: ›Seht her, Kinder, ich bin der richtige Weihnachtsmann.‹

Da drehten sich die hinteren Kinder um und riefen wie im Chor: ›Hau ab, Santa. Wir brauchen Dich nicht mehr. Wir feiern ab jetzt die virtuelle Weihnacht. Die ist viel einfacher, nicht so stressig und die kann man so oft feiern, wie man will.‹

Wie ich hierher wieder zurückgekommen bin, weiß ich immer noch nicht, so schockiert war ich«, endete Santa Claus.

Trotz aller Traurigkeit, mit der der gute Santa seine Geschichte erzählte, fing ich an zu lachen: »Du bist anscheinend ein wenig zu weltfremd geworden in den letzten

Jahren, Santa«, gluckste es aus mir heraus. »Weißt Du, was virtuell heißt?«

»Nö, nicht so genau«, antwortete er.

»Na, siehst Du, Alter«, erwiderte ich. »Was die Kinder dort sahen, war reine Fiktion, etwas, das es nicht gibt.«

Daraufhin winkte ich den Elf zu uns herüber, den Santa mir beim ersten Mal als den großen Denker vorgestellt hatte. »Weißt Du was virtuell bedeutet?« fragte ich ihn.

»Ja also«, räusperte er sich kurz, »das ist nicht so klar zu definieren. Es kommt aus dem Latein und bedeutet soviel wie der Kraft oder Möglichkeit nach vorhanden.«

»Na klar, Santa«, rief ich. »Da hast Du es. Deiner Einbildungskraft zufolge hast Du nur etwas gesehen, was gar nicht richtig existierte.« Dabei blinzelte ich dem Denker mit einem Auge zu, so daß dieser sogleich zustimmte: »Ja, das ist die richtige Erklärung, die ich die ganze Zeit schon gesucht, aber nicht gefunden hatte.«

Etwas ungläubig, aber doch erleichtert, sah Santa uns an. Und ich verlor keine Zeit, ihn daran zu erinnern, daß doch gleich sein Auftritt auf der Bühne wäre, und die Kinder ihn dort ganz sicher schon erwarteten.

Ohne einen Befehl gegeben zu haben, kamen alle Elfen und brachten Mantel, Stiefel, Gürtel, Mütze und im Nu war unser Santa angekleidet.

»Komm, ich geleite Dich zur Bühne«, sagte ich und hakte ihn ein.

Zuerst spähte er ein wenig unsicher durch den Vorhang, aber als er all die erwartungsvollen Gesichter sah, entwich ihm sein berühmtes »Ho–ho–ho, Kinder«, und mit großem Applaus wurde er auf der Bühne empfangen.

Ich drehte mich noch einmal um und schaute zurück. Ich entdeckte nicht nur all die glücklichen Elfen, mir dünkte auch, daß die Tür zu seinem Zimmer jetzt wieder so hell strahlte, wie in den Jahren zuvor. Oder vielleicht sogar noch ein wenig heller?

November 1998

Das große Kaufhaus Macys ist immer prachtvoll dekoriert.

Santas *Midlife Crisis*

Auch in diesem Oktober kribbelte es mir wieder unter der Haut. Und diesmal wußte ich ganz genau, was es war. New York und Santa Claus riefen mich.

Obgleich wir uns erst sehr kurzfristig für Flug und Hotel entschieden hatten, schafften wir es doch noch, in der zweiten Novemberhälfte im *Big Apple* zu sein. Und das ist auch genau der richtige Zeitpunkt, denn dann startet die *Christmas Show* in der *Radio City Music Hall*.

Ich fand alles so vor, wie in den vorangegangenen Jahren: Die bunte Tür, behangen mit Zuckerstangen und beklebt mit Metallfoliensternen, strahlte wie immer. Rotberockte Elfen wachten davor, erkannten mich, und ohne daß ich etwas zu sagen brauchte, öffneten sie mir.

Ein dröhnendes: »Hallo, Juan Luis, Du kommst gerade recht mir zu helfen. Ich möchte etwas Neues aufbauen«, schallte mir entgegen.

Als ich mich aus der Umarmung gelöst hatte, fuhr die Stimme schon fort: »Weißt Du, alle Menschen sind mit dem Althergebrachten überfüttert. Das wollen sie nicht mehr. Das Jahr 2000 verlangt etwas anderes!«

Ich schaute Santa Claus nur unverständlich an.

»Ich verstehe null.«

Aber da tönte er auch schon weiter:

»Ich werde mich von Mrs. Claus scheiden lassen.«

Während ich noch ganz ungläubig schaute, fuhr er fort: »Schau, Juan Luis, seit Ewigkeiten bin ich verheiratet, und wir machen immer das gleiche. In der *Off–Season* stellen wir gemeinsam Spielzeug und Geschenke her. Aber zum Fest selber – immer diese Hektik, alles gerecht zu verteilen. Und Mrs. Claus hält sich dabei ganz dezent im Hintergrund! Nicht, daß sie mir nicht hilft, die Sachen herzustellen. Nein, das nicht. Aber bei der Organisation und Verteilung, da stehe ich ganz allein da.«

»Weißt Du, Juan Luis, was die ganze Welt ist? Wie groß die ist? Und wie viele Kinder da warten? Das ist Schwerstarbeit. Natürlich habe ich Helfer, aber auch das muß koordiniert werden, und ohne Klagen läuft das normalerweise nicht ab. Zensuren werden ja erst nach dem Fest verteilt, wenn ich all die Beschwerdebriefe ausgewertet habe.«

Bis hierher war ich noch zu keiner Entgegnung gekommen.

»Santa«, versuchte ich einzuwenden, »Santa, ich glaube Dir ja, daß Du Dich vor lauter Arbeit oft kaum retten kannst. Aber schau Dir doch die vielen Kinder an, die ungeduldig auf Dich warten und an Dich glauben. Und die nehmen es Dir sicher nicht übel, wenn Du mal fünf Minuten später zur Bescherung kommst.«

Und zu Mrs. Claus gewandt: »So unrecht hat er nicht. Sie sind ihm eine wichtige Stütze, aber könnten Sie sich nicht auch des öfteren vor dem Publikum und bei den Kindern blicken lassen?«

»Hhmm …« Mrs. Claus schmollte ein wenig. »Wer will mich denn schon sehen?«

»Zu einem Weihnachtsmann gehört doch auch immer eine Weihnachtsfrau«, stellte ich fest. Und als ich ihr versprach, dafür zu sorgen, daß das populär werden würde, taute sie auf und war nach einer kurzen Weile sogar Feuer und Flamme, daß ab dem legendären Jahr 2000 Mr. und Mrs. Santa Claus die Kinder gemeinsam beschenken würden.

Sie können sich sicher vorstellen, wie beglückt ich die anschließende Weihnachtsshow in der *Radio City Music Hall* gesehen habe. Glücklich mit dem Gedanken, Santa Claus und seine Frau aus einem Dilemma befreit zu haben.

Ihnen allen aber, die Sie an dieser Geschichte teil hatten, darf ich empfehlen, in Ihrem Gemüt Kinder zu bleiben und Santa und Mrs. Claus, wenn immer Sie die beiden treffen, freudig zu begrüßen.

August 1998

*Der künstliche Baum der Unesco ist der
bunteste von allen.*

Santa im Streß

Wir hatten uns ja fest vorgenommen, in diesem Jahr nicht nach New York zu fliegen. Aber kaum kam der Herbst, da guckten Inge und ich uns an und fragten uns: Wo sollen wir denn die Weihnachtsfreude herholen, wenn nicht aus New York?

Also, nichts wie hin ins Reisebüro. Die Flüge sind ja so billig. Dagegen ein Hotel zu bekommen, ist nicht so einfach, zumal wir uns auf ein ganz spezielles eingeschossen hatten. Nach 14 Tagen bekommen wir endlich Bescheid, das es klappt. Na, dann los – buchen!

Was jetzt kommt, haben Sie sicherlich schon erraten. Am Sonnabend morgen führte mich mein erster Weg zur *Radio City Music Hall*. Schon als ich durch das Portal der *Radio City* trat, fiel mir eine ungewöhnliche Hektik auf, die sich noch verstärkte, als ich ins Untergeschoß kam. Alles lief so geschäftig herum: der Regisseur, die Beleuchter, die *Rockettes* und dazwischen natürlich die rotberockten Elfen. Aber ich dachte mir nicht viel dabei.

Santas Tür glitzerte und strahlte schon von weitem in jenem überirdischen Glanz, den nur er verbreiten kann. Die Metallfoliensterne und das Zuckerwerk leuchteten um die Wette. Aber diese Geschäftigkeit war mir fremd.

Die Elfen erkannten mich zwar, winkten mir aber nur von weitem zu. Und das war es dann auch schon. Keiner machte Anstalten, mich bei Santa anzumelden.

Während ich noch darüber nachdachte, was das wohl zu bedeuten hatte, trat auch schon Santa persönlich durch die Tür.

»Mensch, Juan Luis«, empfing er mich, »wie kommst Du auf die Idee, mich am Sonnabend zu besuchen? Weißt Du denn nicht, daß ich sonnabends fünf Auftritte habe? Es ist mein hektischster Tag. Schon um zehn Uhr morgens geht es los und heute abend ist erst um 22.30 Uhr Schluß.«

Kaum hatte er das gesagt, ertönte auch schon die Musik und die Elfen drängten Santa zur Bühne hin. Ich konnte gerade noch vernehmen, wie er mir zurief: »Komm Montag, da habe ich mehr Zeit«, als auch schon der Applaus losbrach.

Die Elfen zuckten bedauernd mit den Schultern und fragten tröstend: »Du kommst doch am Montag, Juan Luis?«

»Ja«, das versprach ich, war ich doch noch die ganze Woche in New York.

Und tatsächlich, am Montag nachmittag war es friedlich wie immer. Der Elf an der Tür öffnete mir. Santa schien schon auf mich gewartet zu haben:

»Du bist mir schon gemeldet worden«, begrüßte er mich sehr überschwenglich. »Sei mir bitte nicht böse, Juan Luis, aber Du weißt ja, 35 Stunden pro Woche, wie bei Euch, sind bei mir nicht drin.«

»Sei doch froh, Santa, daß Dich die Kinder so oft sehen wollen«, entgegnete ich. »Das bezeugt doch, daß Du noch lange nicht aus der Mode gekommen bist. Du bist sozusagen immer noch Mega-in!«

»Na ja, von dem Standpunkt aus gesehen, hast Du ja recht.« Und dann flüsterte er mir ins Ohr: »Aber ich habe ja jetzt auch eine tatkräftige Hilfe.«

»Wieso«, fragte ich?

»Psst, Mrs. Claus hilft jetzt kräftig mit, seitdem Du das letzte Mal mit ihr gesprochen hattest.«

»Oh, das finde ich gut. Und wie sehen es die Kinder?« fragte ich.

»Die sind glücklich, daß ich nicht alles allein machen muß. Mrs. Claus hat ja auch das gleiche Talent wie ich, Kinder zu beschenken und dabei noch überall zur gleichen Zeit zu sein.«

»Toll, das ist die beste Nachricht, Santa, die ich seit langem von Dir gehört habe«, sagte ich. »Aber wo ist denn Mrs. Claus jetzt?«

»Die ist mit den Küchen–Elfen am Backen, für die Abendvorstellung, weißt Du. Sie meint, es müsse immer alles ganz frisch sein, dann schmeckt es am Besten.«

In diesem Moment unterbrach uns der Senior–Elf heftig: »Santa, jetzt wird es aber wirklich Zeit, die Vorstellung fängt gleich an.«

»Geh nach oben«, sagte Santa zu mir, »und überzeuge Dich, wie wir jetzt die Sache zu zweit machen.«

Das ließ ich mir nicht zweimal sagen. Und ich mußte feststellen, es gefiel mir ausnehmend gut. So gut, daß ich gar nicht merkte, daß die anderen schon längst aufgehört hatten zu klatschen.

November 1998

*… und noch ein künstlicher
Weihnachtsbaum.*

Ein wissensdurstiger Santa Claus

Immer wenn die Vorweihnachtszeit naht, fühle ich eine innere Unruhe in mir. Zum einen, weil ich ein ausgeprägter »Weihnachtsmensch« bin und das freudige Fest kaum erwarten kann. Zum anderen, weil ich noch etwas unternehmen möchte, bevor das Jahr zu Ende geht. Und was bietet sich da am besten an?

Sie haben es erraten: New York.

New York ist Erlebnis und Vorweihnacht zugleich. Und dort steht natürlich an erster Stelle mein Besuch bei Santa Claus, mit dem ich mich inzwischen so richtig angefreundet habe. Schade, als Kind habe ich mir eine solche Beziehung immer gewünscht, aber jetzt im Alter? Man hat ja fast keine Wünsche mehr.

Die Ankunft in New York war zu spät am Abend, um Santa noch am selben Tage besuchen zu können. So ging es dann am Montag nachmittag zur *Radio City Music Hall*. Den Weg zur *Backstage* kannte ich ja mittlerweile recht gut. Santa Claus' Tür strahlte wie immer von all den vielen Süßigkeiten und den Metallfoliensternen. Alles war mir so vertraut, als wenn ich erst gestern hier gewesen wäre.

Die Elfen hatten mich ja schon lange gesichtet, und die Tür öffnete sich dann auch wie von Elfenhand.

»Komm nur herein, Juan Luis. Wir haben nicht vergessen, wie Du im vorigen Jahr unseren Santa motiviert hast. Du bist uns jederzeit hochwillkommen. Ich habe Santa Claus schon berichtet, daß wir Dich gesichtet haben.«

Kaum hatte der Elf zu Ende gesprochen, dröhnte auch schon von innen her Santas volle, wohlbekannte Stimme: »Ho–ho–ho, Juan Luis, komm nur herein. Ich habe mich schon gefragt, ob Du mich wohl auch in diesem Jahr besuchen wirst?«

Mit diesen Worten drückte er mich an sich, daß mir fast die Luft wegblieb.

»Komm setz' Dich. Ich habe noch ein wenig Zeit bis zu meinem Auftritt. Wie geht es Dir?«

»Gut«, erwiderte ich, »mich bedrückt nur, daß ich so gar keine Wünsche mehr habe. Wenn ich da noch so an meine Kindheit zurückdenke ...«

»Ja, ja, Wünsche zu haben ist das Privileg der Kinder. Wir Erwachsenen werden mit zunehmendem Alter bescheidener«, entgegnete Santa.

»Aber erzähl mir lieber etwas von Deinen Freunden. Meine Elfen haben mir berichtet, daß Du einen großen Freundeskreis hast, den Du in der Adventszeit zu Adventsessen einlädst. Durch Deine Erzählungen kenne ich sie alle, auch wenn ich sie noch nie gesehen haben. Und ich weiß auch, daß Du ihnen immer von unseren Treffen berichtest. Ich freue mich, daß sie so viel Anteil an meinen Problemen nehmen.«

»Da ist doch dieser Reinhard, wie heißt er noch gleich, der immer so kräftig die Weihnachtslieder mitsingt?«

»Ach, Du meinst Reinhard W.«, entgegnete ich. »Dem geht es gut, der wird jetzt auch pensioniert.«

»Und warum war der Manfred, Euer Pastor, das letzte Mal nicht dabei?«

»Ach Santa, Du weißt doch, wie das so bei Pastoren ist. Sie hängen doch noch viel mehr von ihrem Chefplaner ab als wir.«

»Und was macht diese junge Frau, die auch schon einmal in meiner *Show* war? Hieß sie nicht Heidi?«

»Du meinst sicherlich Frau W.? Die ist immer noch Single.«

»Hmm, schade, der hätte ich einen Partner gewünscht«, meinte Santa.

»Und was ist mit der Frau, die so vielen Menschen hilft?« fuhr er fort.

»Vielen hilft?« fragte ich, »wen meinst Du denn da?«

»Na, hieß sie nicht Gisela?« meinte Santa.

»Da gibt es nur eine«, erwiderte ich, »Gisela K. Die ist nach wie vor sehr begehrt als Physiotherapeutin. Ansonsten ist sie eine eiserne Verfechterin der Trennkost, mit der man herrlich abnehmen soll.«

»Interessant«, meinte Santa Claus, »davon mußt Du mir mehr erzählen. Das kommt ja auch für mich in Frage, bei meiner Figur.«

Als alle Freunde durchgehechelt waren und Santa Claus zu jedem seinen Kommentar gegeben hatte, der nicht immer, aber doch meistens mit meiner Meinung übereinstimmte, wurden die Elfen plötzlich nervös.

»Santa«, riefen sie, »Du hättest schon seit fünf Minuten auf der Bühne sein müssen. Komm mach schnell.«

Mütze, Stiefel, Mantel kamen nur so geflogen. Aber er meinte nur:

»Wenn ich manchmal etwas später komme, ist die Freude um so größer, daß ich überhaupt erscheine, ho–ho–ho!«, sagte er und sprang mit einer Behendigkeit von seinem Sessel auf, die man ihm bei seinem Leibesumfang nicht zugetraut hätte.

»So, ich bin fertig. Laßt die Glocken läuten.« Und schon erklang die Musik bis zu uns hinunter und Rudolph flog mit ihm und dem Schlitten auf die Bühne.

Bevor sich jedoch der Vorhang hinter ihm schloß, hob er noch einmal den Zeigefinger in meine Richtung und seine Lippen deuteten an: »Bis zum nächsten Jahr!«

November 1999

*Dies ist ausnahmsweise ein echter Baum
und für amerikanische Begriffe dezent
geschmückt.*

Ein mißmutiger Santa

Wenn bei uns die Blätter von den Bäumen fallen, dann weiß ich, es ist wieder soweit. Weihnachten naht. Ich freue mich schon auf meinen Besuch bei Santa Claus in New York.

Ab Mitte November kann man ihn persönlich in der *Radio City Music Hall* antreffen, und das ist für mich ein »*High-light*« in diesen dunklen und länger werdenden Tagen.

Als ich die Treppen in das Untergeschoß hinabschritt, erkannte ich schon von weitem Santas Tür. Sie war wie in jedem Jahr außergewöhnlich bunt geschmückt mit Zuckerstangen, bunten Kringeln und Metallfoliensternen. Und über allem lag ein überirdischer Glanz.

Die rotberockten Elfen, die emsig hin und her liefen, erkannten mich und öffneten mir beflissen die Tür zu Santas Heiligtum.

»Hallo, Juan Luis ist hier«, riefen sie in den Raum und schon trat ich ein.

In der Ecke saß ein mißmutiger Santa, der mich statt der üblichen lauten Begrüßung nur mit einer Handbewegung zum Sitzen einlud.

»Ach, Juan Luis«, murmelte er und fuhr fort: »Wenn ich so die Welt während des ganzen Jahres von oben betrachte, vergeht mir schon die Lust auf Weihnachten. Juan Luis, weißt Du eigentlich, was alles bei Euch in Europa passiert? Und erst in Asien?

Ich wette, daß Du es nicht weißt! Du lebst in Deiner kleinen, heilen Welt. Dagegen ist ja nichts einzuwenden. Aber ... Na ja, reden wir nicht davon. Das ist ja nicht Thema des Weihnachtsfestes. Aber gut, Dich zu sehen. Ich freue mich, daß Du da bist.«

»Ja, Santa«, entgegnete ich, »Du solltest Trost und Hoffnung spenden. Das gehört zu Deinen Aufgaben.«

»Und das muß ich auch versuchen«, fuhr Santa fort, »auch wenn es mir von Jahr zu Jahr schwerer fällt. Wir da oben arbeiten hart, um für jedes Kind etwas Erfreuliches herzustellen, das wir zum Weihnachtsfest überbringen können. Unser Lohn ist es dann, wenn sich das eine oder andere Kind darüber freut. Von den Erwachsenen erwarte ich sowieso nichts mehr. Die sind allesamt so übersättigt und haben das Fest schon Mitte Dezember abgehakt.«

»Wieso denn das?«, warf ich ein.

»Du siehst es doch auch bei Euch in Deutschland, daß die Vorweihnachtszeit immer früher anfängt. Das ist ein Konsum sondergleichen. Da ist man zur eigentlichen Weihnacht total ausgebrannt«.

»Dem muß ich allerdings zustimmen«, murmelte ich. »Mir geht es ganz ähnlich. Man verausgabt sich schon in der Vorweihnachtszeit, die ja nur eine Vorbereitung auf das Eigentliche sein sollte.«

»Siehst Du«, sagte Santa, »ursprünglich sollte es ein Advent sein. Aber«, fuhr er fort, »auch das eigentliche Fest hat ja schon lange nichts mehr mit dem Kommen des HERRN zu tun.«

»Wieso nicht?« wagte ich zu fragen. »Die Kirchen sind doch zu Weihnachten so voll, voller können sie doch gar nicht sein? Das spricht doch gegen Deine Behauptung.«

»Ach, Juan Luis, Ausnahmen bestätigen die Regel. Aber ansonsten handeln doch die Menschen nicht sehr christlich. Ich aber möchte doch ein Teil der christlichen Botschaft sein.«

»Halt, halt, Santa«, warf ich ein, »Du bist heidnischen Ursprungs.«

»Schon gut, schon gut, so meine ich es auch nicht, aber meine Anwesenheit soll doch mithelfen, sich ein wenig auf das Fest vorzubereiten.«

»Ja, da hast Du recht und das mußt Du auch weiterhin so machen«, erwiderte ich. »Aber ich denke, die Menschen auf der Erde verstehen die Weihnacht besser, als Du glaubst. Davon bin ich überzeugt. Nicht jeder, der nicht in die Kirche geht, ist ein Antichrist.«

»Und nicht jeder, der zu Weihnachten in die Kirche geht, ist ein Christ«, hielt mir Santa vor. »Aber, Du hast recht, Christ kann man auch sein, ohne jeden Sonntag den Gottesdienst zu besuchen. Volle Kirchen oder nicht, das spielt keine Rolle. Wenn Du recht hast, dann gibt es ja doch noch Hoffnung? Ich werde darüber nachdenken.«

»Aber jetzt entschuldigst Du mich bitte«, fuhr Santa fort. »Oben ertönt schon die Musik für meinen Auftritt.«

Die Elfen brachten die Stiefel und halfen Santa Claus in seinen Mantel, rückten die Mütze zurecht und schnallten ihm den Gürtel um.

Ich hörte gerade noch, wie er murmelte: »Du hast mir wieder richtig Mut gemacht, Juan Luis. Schön, daß Du auch dieses Jahr wieder gekommen bist.«

Und schon erstickte ich fast in seiner Umarmung und freudig schwebte er inmitten seiner Elfenschar auf die Bühne und die Musik wurde lauter.

September 2000

Einer der Trompetenengel im Rockefeller Center.

Santa Claus und der Penner

M it »New York, New York« besang schon Frank Sinatra diese Stadt. Mir schweben diese Worte schon seit längerem durch den Kopf.

Ja, Sie haben es erraten: Es wird wieder Weihnachtszeit, und ich möchte wieder genau dorthin, zu Santa Claus, seinen Elfen, seiner *Show*, ganz einfach in die *Radio City Music Hall* nach New York.

Ich trommelte also ein paar Freunde zusammen, denn allein durch diese große Stadt zu tigern, das ist ja auch nicht das Wahre. Und dann ging es ab nach New York.

Nachmittags nach der Ankunft habe ich erst einmal geschaut, ob und wann die *Show* denn heute läuft. Aha, am Abend.

Also, war noch Zeit für einen Besuch bei Santa. Aber irgendwie schaffte ich es dieses Mal nicht, ohne eine Eintrittskarte in die geheiligten Gemächer zu kommen. Doch dann … Oohh, diese toll geschmückten Gänge und die Tür zu seinem Zimmer. Die bunten Zuckerstangen und die Metallfoliensterne, sie glänzten wie immer, oder vielleicht noch heller?

Ein Raunen lief durch die Elfen, als sie mich sahen. Zuvorkommend öffneten sie mir die Tür zu Santas Heiligtum und wie durch einen Zauber dröhnte von hinten schon die tiefe Stimme, die ich so gern hörte:

»Komm herein, Juan Luis, ich hatte schon Anweisungen gegeben, Dich sofort zu mir zu lassen, sobald Du auftauchen solltest.«

Fast wäre ich erstickt unter der herzlichen Umarmung und vor lauter: »Wie geht es Dir?« und »Du mußt mir berichten, was Du so erlebt hast«, kam ich zunächst nicht dazu, irgend etwas zu sagen. Schließlich war auch Santa mit seiner Begrüßung am Ende, und ich konnte ihm sagen, daß er jünger und unternehmungslustiger aussah als je zuvor.

»Ja, Juan Luis«, sagte er, »es muß etwas passieren hier in dieser Stadt. Ich muß unbedingt mit Michael Bloomberg sprechen, sobald er als Bürgermeister gewählt worden ist. Setz Dich, ich will Dir berichten, was ich erlebt habe.«

»Als ich letztens abends unterwegs war, hier in *Down Town Manhattan*, fiel ich über einen Mann, der einfach so auf der Straße lag. Er war wohl im Schlaf aus einem Hauseingang herausgerollt. Ich wollte mich entschuldigen, aber schon lief er gehetzt davon, als wenn der Teufel hinter ihm her sei.

Kurze Zeit später sah ich jemanden auf einem Abluftschacht liegen. Ich klopfte ihm auf die Schulter und sagte: ›Was machst Du hier?‹

›Laß mich‹, war die Antwort.

Ich ließ ihn aber nicht in Ruhe und als er mich endlich ansah, knurrte er nur: ›Zu welcher Pennergattung gehörst Du denn?‹

›Ich bin Santa Claus‹, erklärte ich ihm, aber als einzige Entgegnung murmelte er:

›Das ist mir egal. Mir ist kalt und ich bin naß.‹

›Komm mit‹, sagte ich, worauf er nur etwas murrte. Es schien ihm egal zu sein, wohin er gebracht wurde.

Juan Luis, Du kannst dir sicher nicht vorstellen, was meine Elfen für ein Gesicht gemacht haben, als ich mit diesem Kumpanen hier in meinem Verlies ankam.

›Was willst Du mit dem Penner?‹ meinten sie.

›Bringt mir mal trockene Kleidung, etwas zu essen und ein gutes Bier‹, ordnete ich statt einer Antwort an.

Ungläubig sah mich mein Begleiter an: ›Träume ich, oder was ist das hier?‹ fragte er.

›Zieh die Kleidung an‹, befahl ich ihm, und ohne Widerrede tat er es. Er war wohl ohnehin nicht gewohnt, daß seine Meinung gefragt war.

›Nicht schlecht hast Du es hier Mr., wie heißt Du doch gleich?‹

›Ich bin Santa Claus und zwar der echte‹, sagte ich, worauf er in er in herzhaftes Gelächter ausbrach.

›Das kann ja jeder sagen‹, meinte er, aber verstummte sogleich wieder, als ihn der strafende Blick der Elfen traf.

›Ich forderte ihn auf, etwas zu essen‹, fuhr Santa fort und nachdem er einigermaßen satt war, knurrte er: ›Ich komme mir vor, wie in einem Traum. Das ist doch alles nicht wahr?‹

›Was wollt Ihr eigentlich von mir‹, schrie der Fremde plötzlich los, sprang auf und wollte fortlaufen. Aber weit kam er nicht. Meine Elfen setzten ihn einfach wieder in seinen Sessel.

›Ich bin Santa Claus und möchte auch Dir die Botschaft der Weihnacht überbringen. Ich weiß, es gibt so viele Ungerechtigkeiten, Armut und Leiden auf Erden, die ich allein nicht alle ändern kann. Aber über Dich bin ich heute gefallen. In Wirklichkeit … und auch bildlich. Ich kann nicht allen helfen, aber Dir konnte ich und kann ich helfen. Laß' uns morgen schauen, wie wir Dein Los verbessern können.‹‹

Bis hierher hatte ich Santa Claus nicht unterbrochen.

»Und?« fragte ich. »Was hast Du tun können?«

»Ja, ich konnte für ihn ein Bett beschaffen und regelmäßiges Essen. Aber das ist es eben, was mich bedrückt«, schnaubte mich Santa an. »Wir müssen viel mehr für unsere Mitmenschen tun, Juan Luis.«

»Und was wäre das?« fragte ich.

»Meine Elfen und ich werden anfangen, in den verschiedenen Gemeinden Unterkünfte, Essenseinrichtungen, Kleiderkammern und vieles mehr für die Unterpreviligierten einzurichten. Wenn wir alle ein wenig abgeben von dem, was wir haben, bräuchte keiner auf der Straße zu frieren und zu hungern.«

»Santa, ist das nicht ein wenig zu viel Optimismus? Willst Du zum Philanthropen werden?«

»Du, das bin ich doch schon immer gewesen«, rief er mir zu und erhob sich. Erst da merkte ich, daß die Musik auf der Bühne schon zu spielen angefangen hatte.

Die Elfen halfen ihm in den Mantel, brachten die Stiefel, setzten ihm seine Mütze auf und schon winkte er mir verschmitzt zu:

»Juan Luis, Du wirst schon noch sehen, wie die Welt sich zum Guten verändern wird.«

Und schon schwebte er davon, seinem Publikum entgegen.

Ich aber blieb mit meinen Gedanken allein in der Glitzerwelt und wünschte mir: »Hätte er doch nur dieses eine Mal recht!«

Oktober 2000

Am Times Square *ist die ganze Nacht hindurch ein Lichtermeer.*

Santa Claus und das neue Jahrtausend

Wir schreiben das Jahr 2000. Welch ein Jahr! Ein Jahr der Superlative natürlich. Man bekommt ja Komplexe, wenn man nur daran denkt, was in diesem Jahr alles veranstaltet wird.

Natürlich mußte ich auch in diesem Jahr nach New York und durfte es nicht verpassen, Santa Claus zu sehen.

Wie schon in den vorigen Jahren, führte mich mein erster Weg in die »Katakomben« der *Radio City Musik Hall.* Und es war wie immer. Das Zimmer von Santa Claus war nicht zu verfehlen. Wie glitzerte die Tür zu seinem Zimmer mit all den Zuckerstangen und Metallfoliensternen. Seine Elfen erkannten mich sofort und bereiteten mir einen freudigen Empfang.

Sie begrüßten mich schon mit: »Juan Luis, wie geht es Dir? Schön, Dich zu sehen, auch in diesem so wichtigen Jahrtausendwechseljahr.«

Diese familiäre Begrüßung der Elfen war mir doch ein wenig fremd und machte mich stutzig. Was sollte ich davon halten?

Aber das wurde mir sogleich klar, als sich die Tür wie von selbst öffnete und Santa Claus auch schon mit ausgebreiteten Armen auf mich zukam: »Hallo, Juan Luis, Du hast mich also doch nicht vergessen?«

»Wie soll ich das nun wieder verstehen?« entgegnete ich.

»Du bist verspätet. Ich hatte mit Dir wie immer Mitte November gerechnet, und jetzt haben wir schon Mitte Dezember.«

»Ja, Santa, ich weiß«, antwortete ich, »nur in diesem Jahr ist ja alles anders. Ich konnte nicht früher, aber, glaub mir: Auch ich wollte Dich sehen.« Und da er so gequält dreinblickte, fragte ich gleich nach: »Hast Du Probleme?«

»Du kannst Dir gar nicht vorstellen, was in diesem Jahr alles los ist. Daß die Menschen sich so auf ihre Vasallen verlassen würden, hatte ich nicht gedacht!«

»Was meinst Du mit Vasallen?« fragte ich.

»Den Computer, verstehst Du, den Computer.«

»Nein, ich verstehe null.«

»Kannst Du Dir vorstellen, daß ich in diesem Jahr keinen blaßen Schimmer habe, wo ich was hinbringen soll und wer sich etwas wünscht? Ein Chaos! Die Menschen haben es nicht geschafft, ihren Vasallen, den Computer, für das neue Jahrtausend fit zu machen.«

»Versteh ich nicht«, antwortete ich ihm.

»Juan Luis, Du bist doch sonst nicht so begriffsstutzig. Sie haben die Umstellung des Datums nicht geschafft, und jetzt ist mein ganzes Programm durcheinander. Und wie stehe ich nun da, zur Weihnachtszeit?«

Ja, so hatte ich das Problem noch gar nicht gesehen. Aber schon legte Santa seine Hand beruhigend auf meine Schulter.

»Ich bin dabei, das Problem zu lösen. Meine besten Elfen haben in Windeseile neue Programme entwickelt und sind dabei, das zu schaffen, was Eure Koryphäen nicht geschafft haben: Die Zeitumstellung.«

Ich atmete auf.

»Aber irgendwie müssen wir von da oben doch auch ein bißchen *cleverer* sein als Ihr, oder?«

Und mit einem verschmitzten Lächeln nahm er mich in seinen Arm und sagte: »Es wird auch in diesem Jahr alles wieder gut.«

Wie beruhigend doch solche Worte wirken können. Noch nie war ich so getröstet worden.

»Juan Luis, Du hast mir sehr damit geholfen, daß Du mir zugehört hast und ich mein Problem endlich einmal loswerden konnte. Es ist immer schön, Dich zu sehen. Aber jetzt entschuldigst Du mich bitte, ich muß hinauf zu meiner *Show*. Die Menschen da oben wissen ja nichts von meinen Problemen, erwarten aber immer, daß zu Weihnachten alles wie immer vonstatten geht.«

Nach einer herzlichen Umarmung trennten wir uns. Ich hörte schon von weitem, wie die Musik auf der Bühne einsetzte und mit einem:

»Wir sehen uns im nächsten Jahr«, entschwand Santa meinen Blicken und die Elfen geleiteten mich mit einem dankbaren Blick hinaus.

»Tschüß, Juan Luis, hauchten sie. Komm wieder, Du bringst unseren guten, alten Santa immer wieder auf andere Gedanken.«

Auch ich ging jetzt nach oben zur Vorstellung, irgendwie beflügelt, und ich war mir sicher, daß die ganze Zeit, in der Santa Claus auf der Bühne war, er nur mich sah und zu mir sprach. Ich war mir aber auch sicher: Ich komme wieder!

November 1998

Beim Lichterschmuck kann das Rockefeller Center *nicht nachstehen.*

Santa Claus und das Christkind

Wir hatten einen sehr schönen Sommer, aber kaum hatte der September begonnen, wurde es kühl. Die Meteorologen drückten es so aus: »Der August viel zu warm und der September zu kühl.«

Aber diese Kühle erinnerte mich schlagartig an meine jährliche Verabredung. Ich schaute mich also nach möglichen Flügen um und wurde auch sofort unter den Angeboten fündig. Schnell wurde gebucht und bevor ich mich umsah, war es schon November, und wir saßen im Flieger.

Wissen Sie, wohin es ging? Ja, Sie haben es erraten, nach New York, zu meinem alljährlichen Besuch bei Santa Claus.

Nun, New York bietet ja viele Attraktionen, aber für mich ist es das Wichtigste, Santa Claus zu treffen und mit ihm ein wenig zu plaudern. Also machte ich mich am nächsten Nachmittag auf den Weg zur *Radio City Music Hall*. Es war ein Mittwoch. Schnurstracks nahm ich den Weg in die »Katakomben«.

Es hatte sich nichts verändert. Die Tür von Santas Gemächern strahlte wie in jedem Jahr von den Metallfoliensternen und den bunten Zuckerstangen, und irgendwoher kam dazu dieser überirdischer Glanz, der alles noch schöner erscheinen ließ.

Kaum, daß mich die rotberockten Elfen sahen, ging ein Lächeln über ihre Gesichter, und zur Begrüßung rissen sie förmlich die Tür zu Santas Behausung auf. »Hallo Santa, schau, wer Dich besuchen kommt.«

Weiter kamen sie gar nicht, denn schon dröhnte Santas Stimme: »Ho–ho–ho, Juan Luis, Du bist pünktlich wie ein Uhrwerk.«

Mit diesen Worten umschlang er mich, daß mir fast die Luft wegblieb.

»Ich freue mich genauso, daß ich Dich so munter und wohlgelaunt in diesem Jahr wieder antreffe«, entgegnete ich. »Dir scheint es in letzter Zeit sehr gut gegangen zu sein, oder?« wagte ich zu fragen.

»Phantastisch! Seit Mrs. Claus voll mithilft und wir ein tolles Team geworden sind, macht alles noch einmal so viel Spaß. Komm setz Dich. Ich muß Dich was fragen.«

»Weißt Du, im letzten Jahr war ich am Weihnachtsabend in Deiner Heimat unterwegs, um dort noch einige Geschenke an Kinder amerikanischer Soldaten zu verteilen, die ja das Fest immer erst am 1. Weihnachtstag feiern. Plötzlich sehe ich eine große Wolke auf mich zukommen. Und als ich richtig hinschaue, entpuppt sich die Wolke als eine Unmenge von kleinen Engeln, die in ihrer Mitte einen großen Engel mit langem, blonden Haar und von einer Schönheit, wie Du sie Dir nicht vorstellen kannst, trugen.«

»Hallo, Santa«, sprach mich dieser blonde Engel mit wohlklingender, zarter Stimme an. Wir sind uns noch nie begegnet, aber ich nehme an, daß Du weißt, daß ich das Christkind bin.«

»Also, Juan Luis, ich kenne mich mit Euren Bräuchen nicht aus, und ich wußte im ersten Moment auch nicht, was ich sagen sollte. Einer meiner Elfen stieß mich dann aber an und raunte: ›Sag' ja!‹«

»Ich hoffe, daß das Christkind mir das geglaubt hat. Es fragte mich nur noch, warum ich den weiten Weg gemacht hätte und noch so spät unterwegs sei, denn sie wären jetzt fertig und gerade auf dem Heimflug.

Na ja, ich berichtete von der morgigen Bescherung bei den amerikanischen Soldatenfamilien, und kaum war ich fertig, winkte mir das Christkind auch schon zu, und die Engelschar flog weiter.«

»So«, Juan Luis, »nun erklär Du mir mal, wieso das Christkind mit seiner Arbeit schon fertig war und ich noch nicht?«

»Gute Frage. Bei uns bringt nicht der Weihnachtsmann, sondern das Christkind die Geschenke. Und das schon am Heiligen Abend.«

»Was verstehst Du unter Heiligen Abend?« fragte er zurück.

»Das ist der Abend vor Weihnachten, den wir ›Heiligabend‹ oder die ›Heilige Nacht‹ nennen. Da werden die Kinder vom Christkind beschenkt. Das nennen wir die Bescherung. Etwas anders als bei Euch.«

»Und schau«, fuhr ich fort, »als Du noch durch die vielen Kamine und Schornsteine mußtest und Deine Kinder die Überraschung noch vor sich hatten, war das Christkind mit seiner Arbeit schon fertig, und die Kinder spielten schon mit ihren neuen Geschenken.«

Santa hatte bei meinen Worten andächtig gelauscht und nachgedacht. Jetzt nickte er nur und meinte:

»Ja, ja, so sind die Sitten. Aber ein wirklich bezauberndes Kind, Euer Christkind.«

Ich sah ihm an, daß er noch etwas auf dem Herzen hatte und fragte: »Ganz zufrieden bist Du aber noch nicht, Santa?«

Da platzte es aus ihm heraus: »Dann gibt es bei Euch so etwas wie mich gar nicht?«

»Doch, doch«, beruhigte ich ihn schnell. »Bei uns gibt es den Nikolaus, aber der kommt nicht zu Weihnachten, sondern schon im Advent, genauer gesagt am 6. Dezember. Da stellen die Kinder ihre Schuhe vor die Tür, und der Nikolaus füllt sie mit allerlei Nascherei.«

»Das ist ja seltsam«, brummte er. »Ein Nikolaus und dann nicht zu Weihnachten?

Aber eine Gemeinsamkeit sehe ich doch! Ich stecke auch viele Sachen, zwar nicht in Schuhe, aber doch in Strümpfe. Die hängen entweder am Bett der Kinder oder an der Tür ihres Zimmers oder auch am Weihnachtsbaum. Aber Schuhe? Ich weiß nicht recht. Das ist doch nicht hygienisch!«

»Santa, die Schuhe sind ja auch nur symbolisch da. Da kommen doch ohnehin nur verpackte Sachen hinein, und der Rest steht auf einem Teller daneben.«

»Ach so«, dann bin ich beruhigt. Aber ich möchte doch zu gern einmal Euren Nikolaus kennenlernen.«

»Tja, das ist ein Problem, bei dem ich Dir nicht helfen kann«, erwiderte ich. »Du müßtest dann schon in der Nacht vor dem 6. Dezember in Deutschland durch die Lüfte fliegen. Vielleicht triffst Du ihn dann.«

»Hm, das werde ich mir merken. Wenn es sich einmal machen läßt, denke ich daran.«

Wir waren so vertieft in unser Gespräch, daß wir gar nicht bemerkt hatten, daß die Elfen schon Schlange standen, jeder mit einem anderen Kleidungsstück in der Hand.

»Santa«, meinte der Senior–Elf, »es wird jetzt wirklich Zeit, Dich anzuziehen.«

Und an mich gewandt, meinte er: »Juan Luis, es tut uns leid, daß wir Dir Santa entführen müssen, aber die Kinder oben auf der Bühne warten schon.«

Und tatsächlich, jetzt hörten auch wir die Musik, die schon eingesetzt hatte.

Mit einer mächtigen Umarmung und »Komm im nächsten Jahr wieder«, verabschiedete sich Santa und flog förmlich zur Bühne hinauf.

Während ich noch gedankenverloren die Treppe langsam emporstieg, sah ich noch, daß die Elfen mir kräftig zuwinkten und mir so zeigten, daß ich jederzeit willkommen war.

Ich warf ihnen noch eine Kußhand zu und rief: »Tschüß«. Wenn sie es auch vielleicht bei dem allgemeinen Lärm nicht hören konnten, sie wußten schon, was ich gesagt hatte.

September 2001

*Hier einmal wieder eine echte
Tanne mit vielen Lichtern
dekoriert.*

Ein äußerst nachdenklicher Santa Claus

Dieses Jahr beherrschte mich nur eine Frage: »Sollte ich oder sollte ich nicht?«

»Wie bitte?«

»Was meinen Sie?«

»Tja, sollte ich nach New York oder doch lieber nicht?«

Nach den Ereignissen des 11. Septembers schien es mir nicht geraten, mich in die Hölle des Löwen zu begeben. Also, ich schlief ein paar Nächte darüber. Und dann wußte ich es: Ich mußte Santa Claus sehen. Ich wollte wissen, wie er darüber denkt. Vielleicht brauchte er ja auch meinen Rat?

Also, in ein Reisebüro für Kurzentschlossene. Und siehe da, es gab tatsächlich noch genügend freie Plätze. Die Leute hatten scheinbar alle Angst vor dem Terrorismus! Keiner wollte reisen.

Hotels waren auch kein Problem. Erst im Nachhinein erfuhr ich, daß nur halb soviel Touristen nach New York gekommen waren wie üblich.

Mir bangte aber vor dem Besuch bei Santa. Als ich ankam, ließ ich erst einmal einen Tag verstreichen. Würde mich Santa überhaupt empfangen? Nun, ich war gekommen, ihn zu sehen. Was half es da zu warten?

Am nächsten Morgen raffte ich mich auf. Die *Backstage* fand ich leicht. Das heißt, ich wußte, wo sie war, aber sie war durch Sicherheitsbeamte abgesperrt.

»Wer sind Sie? Was wollen Sie hier?« waren die lakonischen Fragen.

Daß ich Juan Luis Duque war, interessierte sie nicht. Und daß ich aus Deutschland gekommen war, um Santa Claus zu sehen, noch viel weniger.

Glücklicherweise huschte da gerade ein Elf vorbei, dem ich zuwinken konnte. Der erkannte mich und verschwand.

Es dauerte nur einen Wimpernschlag und Santa erschien selber: »Ho–ho–ho, der gehört zu mir, laßt ihn durch«, war alles, was Santa zu sagen brauchte und schon erdrückte er mich. »Komm, Juan Luis, ich freue mich, daß Du gekommen bist. Ich muß unbedingt mit jemandem reden.«

»Noch nie ist mir ein Weihnachtsfest so schwer gefallen, wie dieses Jahr.«

Dabei hatte er sich gesetzt. Ich hatte gar nicht darauf geachtet, ob denn seine Tür immer noch von all den Süßigkeiten und Metallfoliensternen blinkte oder nicht. Es spielte auch in diesem Moment keine Rolle.

»Wie das?« fragte ich.

»Wegen des 11. Septembers«, antwortete er.

»Gut, das schreckliche Ereignis ist traumatisch. Einverstanden. Was hat das aber nun mit Weihnachten zu tun?«

»Ach, weißt Du, ich komme ja viel herum. Daß die Menschen dieses Ereignis verdrängt haben, ist ja o.k. Aber stell Dir vor, da komme ich an *Ground Zero* vorbei und da postieren sich die Touristen davor und lassen Fotos von sich machen. Ruft mir doch einer zu:

›He, Santa komm mal her. Machst Du ein Foto von uns vor den Trümmern vom *World Trade Center?*‹

Und schon drückte er mir seine Kamera in die Hand.

Ich warf sie ihm vor die Füße.

Da rief er nach dem Polizisten, der dicht neben uns stand. Doch dieser zwinkerte mir nur zu und drehte sich um, als ob er nichts gehört hätte.«

»Juan Luis, das ist nur eines der Probleme, mit denen ich in diesem Jahr zurechtkommen muß. Mehr fürchte ich allerdings die Frage der Kinder, wieso Santa Claus das nicht alles hätte verhindern können?

Tja, sag mir bitte, was Du geantwortet hättest?«

»Ich weiß es nicht«, stammelte ich. »Aber was hast Du gesagt?«

»Ich konnte auch nur hilflos sagen, daß ich sehr traurig sei über das, was passiert ist. Mehr konnte ich nicht tun. Aber ich fühlte mich unwohl dabei.«

»Wie soll ich unter diesen Umständen noch die Weihnachtsbotschaft überbringen?«

»Ja, ich verstehe Dich, Santa«, erwiderte ich. So habe ich den 11. September noch gar nicht gesehen. Ich weiß, ganz Amerika ist schockiert und das drückt natürlich auch die Weihnachtsstimmung.«

»Papperlapapp! New York ist nicht Amerika. New York ist New York! Ich gehöre hierher. Und der größte Weihnachtsbaum wird immer noch in New York angesteckt. Wir haben ihn dieses Jahr in den Nationalfarben Rot–Weiß–Blau geschmückt. Vergiß nicht, daß für ganz Amerika Weihnachten in New York gestartet wird.«

Jetzt mußte er erst einmal Luft holen. So hatte er sich in Eifer geredet.

»Weißt Du«, und jetzt ging er ganz aus sich heraus, »man behauptet immer, daß nach dem 11. September nichts mehr so sein wird, wie es war. Ich aber sage Dir, das stimmt nicht. Im Gegenteil, es wird wieder so sein, wie es früher einmal war. Wir werden unsere alten Werte verteidigen und unsere Traditionen wieder aufleben lassen.«

»Hmm? Ich möchte Dir ja gern glauben, Santa, aber diese ›Gute–Laune–Veranstaltungen‹, auf denen gezeigt wird, daß Amerikaner immer gut drauf sind, verunsichern die Europäer doch ziemlich.«

»Juan Luis, das ist doch menschlich verständlich. Wer würde sich denn mit einem Menschen oder Geschäftspartner einlassen, der ständig traurig ist, Trübsal bläst und Pessimismus verbreitet?«

»Na, siehst Du, jetzt hast Du Dich aus Deinem Dilemma selbst herausgeholt«, versuchte ich ihn weiter zu bestärken.

»Ja, gerade ich muß in dieser Zeit durchhalten. Das ist meine große Aufgabe. Auch wenn ich mich als Weihnachtsmann nicht mehr frei bewegen kann, weil hinter jeder Maske ein Terrorist vermutet wird.«

»Aber jetzt fühle ich mich wieder als richtiger Weihnachtsmann. Ich werde gebraucht und habe eine große Aufgabe. Drück mir die Daumen und bitte auch Deine Freunde, mir zu helfen, daß ich trotz allem die frohe Botschaft und Zuversicht vermitteln kann.«

»Santa, nichts leichter als das. Das verspreche ich Dir. Du hast mir doch auch aus dem Herzen gesprochen.«

Während sich Santa seine Probleme von der Seele redete, war er ruhiger geworden. Die Elfen trauten sich wieder herein und stießen Santa freundlich an: »Du mußt jetzt aber zu Deiner Vorstellung«, hauchten sie.

Santa lächelte sie an, ließ sich willig den Mantel umhängen, die Stiefel anziehen, die Mütze aufsetzen und mit einem »Ho–ho-ho« schwang er sich auf seinen Schlitten, der ihn zur Bühne bringen sollte.

»Juan Luis, toll, daß ich mich mit Dir aussprechen konnte«, rief er mir noch zu. »Bis zum nächsten Jahr.« Dann schloß sich der Vorhang.

Zurück ließ er einen sehr nachdenklichen Juan Luis.

Ja, ein Santa hatte es wahrlich nicht leicht.

Dezember 2001

Der Welt größter Weihnachtsbaum. Sie
können ja mal nachzählen, ob ich mit
26.000 Lichtern richtig liege.